KB199474

열두 개의 달 시화집 플러스 五月

다정히도 불어오는 바람

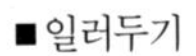
■ 일러두기

시인 고유의 필치(筆致)를 살리기 위해 표기와 맞춤법은 되도록 초판본을 따랐습니다.

다정히도 불어오는 바람

열두 개의 달 시화집 플러스 五月.

윤동주 외 지음 — 차일드 하삼 그림

CHILDE HASSAM

저녁달

차례

一日

장미

이병각

오복소복 장미꽃은 털보다도 반즈럽다. 소년(少年)은 까시가 무서워서 꺽질못하고 꽃송이를 만자거리다가 꽃송이를 따서 입에 너허보았다. 싸근하고 달사한 맛이 조으름을 불렀다. 장미까시는 망아지가 자라거던 발톱에 꼬저 줄 다갈인가보다. 따끔하고 씨라리기에 손구락 끝을 흙에 문즈르고나니 쌧카만 피가 송송 치미렀다. 입에 넛코 호— 호— 불엇으나 어머니 생각만 간절하고 아프기는 맛찬가지엿다. 하늘만 동그랫다.

모란이 피기까지는

김영랑

모란이 피기까지는
나는 아직 나의 봄을 기다리고 있을테요
모란이 뚝뚝 떨어져버린 날
나는 비로소 봄을 여읜 설움에 잠길테요
5월 어느 날, 그 하루 무덥던 날
떨어져 누운 꽃잎마저 시들어 버리고는
천지에 모란은 자취도 없어지고
뻗쳐 오르던 내 보람 서운케 무너졌느니
모란이 지고 말면 그뿐, 내 한 해는 다가고 말아
삼백 예순 날 하냥 섭섭해 우옵네다
모란이 피기까지는
나는 아직 기다리고 있을테요,
찬란한 슬픔의 봄을.

손수건

장정심

차두의 작별하든 아차한 눈매
울일 듯 울 듯 참아 못 보다
기적소리에 다시 고개 들어
마지막 눈매를 보려 하였소

그제는 당신이 고개를 숙이고
떨리는 당신의 가슴인 듯이
바람에 손수건이 휘날리여
내 마음 울리기를 시작하였소

일분 일각에 마조친 시선
할 말을 못하며 난위든 그날
잡으려 해도 잡을 수 없었고
머믈러 했어도 머믈을 수 없었소

시간을 다토아 달아나든차
사정을 어찌다 생각했으리까
멀어지던 당신의 손수건만
아직도 희미하게 보이는 듯하오

언덕에 바로 누워

김영랑

언덕에 바로 누워
아슬한 푸른 하늘 뜻없이 바래다가
나는 잊었습네 눈물 도는 노래를
그 하늘 아슬하여 너무도 아슬하여

이 몸이 서러운 줄 언덕이야 아시련만
마음의 가는 웃음 한때라도 없더라냐
아슬한 하늘 아래 귀여운 맘 질기운 맘
내 눈은 감기였데 감기였데.

빛깔 환히

김영랑

빛깔 환히
동창에 떠오름을 기둘리신가
아흐레 어린 달이
부름도 없이 홀로 났네

월출동령(月出東嶺)
팔도 사람 다 맞이하소
기척 없이 따르는 마음
그대나 홀히 싸안아 주오

달빛이 슬쩍
휘파람새가 슬쩍
날이 밝도다

月ちらり鶯ちらり夜はあけぬ

고바야시 잇사

뉘 눈결에 쏘이었소

김영랑

뉘 눈결에 쏘이었소
온통 수줍어진 저 하늘빛
담 안에 복숭아꽃이 붉고
밖에 봄은 벌써 재앙스럽소

꾀꼬리 단두리 단두리로다
빈 골짝도 부끄러워
혼란스런 노래로 흰구름 피어올리나
그 속에 든 꿈이 더 재앙스럽소

꽃잎 하나가 떨어지네
어, 다시 올라가네
나비였네

落花枝に帰ると見れば胡蝶かな

아라키다 모리다케

다정히도 불어오는 바람

김영랑

다정히도 불어오는 바람이길래
내 숨결 가볍게 실어 보냈지
하늘가를 스치고 휘도는 바람
어이면 한숨을 몰아다 주오

꽃나무

이상

벌판한복판에꽃나무하나가있소. 근처에는꽃나무가하나도없소. 꽃나무는제가생각하는꽃나무를열심으로생각하는것처럼열심으로꽃을피워가지고섰소. 꽃나무는제가생각하는꽃나무에게갈수없소. 나는막달아났소. 한꽃나무를위하여그러는것처럼나는참그런이상스러운흉내를내었소.

꽃모중

권태응

비가 촉촉 오네요.
꽃모중들 합시다.

삭갓 쓰고 아기들
집집마다 다녀요.

장독 옆에 뜰 앞에
알록달록 각색 꽃

곱게 곱게 피면은
온 집 안이 환해요.

남으로 창을 내겠오

김상용

남으로 창을 내겠오.
밭이 한참가리
괭이로 파고
호미론 풀을 매지오.

구름이 꼬인다 갈리 있오
새 노래는 공으로 드르랴오
강냉이가 익걸랑
함께 와 자셔도 좋소.

왜 사냐건
웃지오.

十
三
日

허리띠 매는 시악시

김영랑

허리띠 매는 시악시 마음실같이
꽃가지에 은은한 그늘이 지면
흰날의 내 가슴 아지랭이 낀다
흰날의 내 가슴 아지랭이 낀다

장미 병들어

윤동주

장미 병들어
옮겨 놓을 이웃이 없도다.

달랑달랑 외로히
황마차 태워 산에 보낼거나

뚜—— 구슬피
화륜선 태워 대양에 보낼거나

프로펠러 소리 요란히
비행기 태워 성층권에 보낼거나

이것 저것
다 그만두고

자라가는 아들이 꿈을 깨기 전
이내 가슴에 묻어다오!

그대가 누구를 사랑한다 할 때

김상용

그대가 누구를 사랑한다 할 때
그대는 결국 그대를 사랑하는 겔세.
그대 넋의 그림자가 그리워
알들이 알들이 따라가는 겔세.

그대 넋이 허매지를 안켔는가
허매다 그 사람을 찾앗다 하네
그 사람은 그대의 거울일세.
그대 넋을 비최는 분명한 거울일세.

그대는 그대 그림자를 보고
그 그림자를 거울만 녁여 사랑하네.
그래 그 거울을 사랑한다 하네.
그 사람을 사랑한다 맹서하게 되네.
그러나 그대 그림자 없으면
그대는 도라서 가네.

그대가 그 사람을 부족타하고 가지 안는가.
그대 넉 못빗최는 구석이 잇는 까닭일세.
지금 그대 넉은 또 길을 떠나네.
누군지 모를 그 사람을
또 찾아 허매러 가네.

그대 넉 온통을 비쵤 거울이 어듸 잇나
그대 찾는 정말 그 사람이 어듸 잇나
찾다가 울고 울다가 또 찾아보고
그리다가 찾든 그대 넉 좆차
어듼지 모를 곳 가바릴게 아닌가.

Childe Hassam.

풍경(風景)

윤동주

봄바람을 등진 초록빛 바다
쏟아질 듯 쏟아질 듯 위태롭다.

잔주름 치마폭의 두둥실거리는 물결은,
오스라질 듯 한끝 경쾌롭다.

마스트 끝에 붉은 기ㅅ발이
여인의 머리칼처럼 나부낀다.

이 생생한 풍경을 앞세우며 뒤세우며
외-ㄴ 하루 거닐고 싶다.

-우중충한 오월 하늘 아래로,
-바닷빛 포기 포기에 수놓은 언덕으로.

장미

노자영

장미가 곱다고
꺾어보니까
꽃 포기마다
가시입니다.

사랑이 좋다고
따라가 보니까
그 사랑속에는
눈물이 있어요.

그러나 사람은
모든 사람은
가시의 장미를 꺾지 못해서
그 눈물의 사랑을 얻지 못해서
쉷다고 쉷다고 부르는군요.

'호박꽃 초롱' 서시

백석

한울은
울파주 가에 우는 병아리를 사랑한다.
우물돌 아래 우는 돌우래를 사랑한다.
그리고 또
버드나무 밑 당나귀 소리를 임내내는 시인을 사랑한다.

한울은
풀 그늘 밑에 삿갓 쓰고 사는 버섯을 사랑한다.
모래 속에 문 잠그고 사는 조개를 사랑한다.
그리고 또
두툼한 초가지붕 밑에 호박꽃 초롱 혀고 사는 시인을 사랑한다.

한울은
공중에 떠도는 흰 구름을 사랑한다.
골짜구니로 숨어 흐르는 개울물을 사랑한다.
그리고 또
아늑하고 고요한 시골 거리에서 쟁글쟁글 햇볕만 바래는 시인을
사랑한다.

한울은
이러한 시인이 우리들 속에 있는 것을 더욱 사랑하는데
이러한 시인이 누구인 것을 세상은 몰라도 좋으나
그러나
그 이름이 강소천인 것을 송아지와 꿀벌은 알을 것이다.

十
九
日

향내 없다고

김영랑

향내 없다고 버리실라면
내 목숨 꺾지나 말으시오
외로운 들꽃은 들가에 시들어
철없는 그이의 발끝에 좋을걸

피아노

장정심

높은 소리 낮은 소리
올랐다 나렸다 또 가만히
생명곡에 맞춰 주어서
쾌락하고 숭고한 음악이었소

가느단 소리 우렁찬 소리
이 강산을 떠들썩하니
웃음을 띄운 인생곡이 나와
멀리 더 멀리 보내주었소

백어 같은 그대의 흰 손에
은어 금어가 꼬리를 치는 듯
내 귀에 들려 웃겼다 울렸다
이대로 음악 속에 살고 싶으오

황혼도 기웃이 들여다보며
그대의 얼굴에 웃음 띄우니
우정 자연 모든 정든 벗
나를 위하여 놀아주었소

오월한(五月恨)

김영랑

모란이 피는 오월달
월계도 피는 오월달
온갖 재앙이 다 벌어졌어도
내 품에 남는 다순 김 있어
마음실 튀기는 오월이러라

무슨 대견한 옛날였으랴
그래서 못 잊는 오월이랴
청산을 거닐면 하루 한 치씩
뻗어 오르는 풀숲 사이를
보람만 달리든 오월이러라

아모리 두견이 애닯어해도
황금 꾀꼬리 아양을 펴도
싫고 좋고 그렇기보다는
풍기는 내음에 지늘껴것만
어느새 다 해—진 오월이러라

그의 반

정지용

내 무엇이라 이름하리 그를?
나의 영혼 안의 고운 불,
공손한 이마에 비추는 달,
나의 눈보다 값진 이,
바다에서 솟아 올라 나래 떠는 금성(金星),
쪽빛 하늘에 흰 꽃을 달은 고산 식물(高山植物),
나의 가지에 머물지 않고,
나의 나라에서도 멀다.
홀로 어여삐 스사로 한가로워—항상 머언 이,
나는 사랑을 모르노라. 오로지 수그릴 뿐.
때없이 가슴에 두 손이 여미어지며
굽이굽이 돌아 나간 시름의 황혼(黃昏) 길 위—
나—바다 이편에 남긴
그의 반임을 고이 지니고 걷노라.

가늘한 내음

김영랑

내 가슴 속에 가늘한 내음
애끈히 떠도는 내음
저녁 해 고요히 지는 때
먼 산(山)허리에 슬리는 보랏빛

오! 그 수심 뜬 보랏빛
내가 잃은 마음의 그림자
한 이틀 정열에 뚝뚝 떨어진 모란의
깃든 향취가 이 가슴 놓고 갔을 줄이야

얼결에 여읜 봄 흐르는 마음
헛되이 찾으려 허덕이는 날
뻘 위에 철석 갯물이 놓이듯
얼컥 이는 훗근한 내음

아 ! 훗근한 내음 내키다 마는
서어한 가슴에 그늘이 도나니
수심 뜨고 애끈하고 고요하기
산허리에 슬리는 저녁 보랏빛

오후의 구장(球場)

윤동주

늦은 봄 기다리던 토요일날
오후 세시 반의 경성행 열차는
석탄 연기를 자욱이 풍기고
소리치고 지나가고

한 몸을 끌기에 강하던
공이 자력을 잃고
한 모금의 물이
불붙는 목을 축이기에
넉넉하다.
젊은 가슴의 피 순환이 잦고,
두 철각(鐵脚)이 늘어진다.

검은 기차 연기와 함께
푸른 산이
아지랑이 저쪽으로
가라앉는다.

내 훗진 노래

김영랑

그대 내 훗진 노래를 들으실까
꽃은 가득 피고 벌떼 잉잉거리고

그대 내 그늘 없는 소리를 들으실까
안개 자욱이 푸른 골을 다 덮었네

그대 내 홍 안 이는 노래를 들으실까
봄 물결은 왜 이는지 출렁거리네

내 소리는 꿰벗어 봄철이 실타리
호젓한 소리 가다가는 씁쓸한 소리

어슨 달밤 빨간 동백꽃 쥐어따서
마음씨냥 꽁꽁 주물러 버리네

二十六日

오늘

장정심

오늘은 십년보다 얼마나 더 귀한고
어제도 이별되고 내일도 모를 일이
그러나 오늘 하루만은 마음 놓고 살려오

사랑의 몽상(夢想)

허민

꽃들은 시들어 열매 맺으나
님들은 나눠져 눈물만 남아
열매를 안 맺는 꽃이랄진대
사랑도 아침 들 선안개지요

바닷가 갈대가 나부껴도
안 부는 바람에 흔들릴거나
님이라 이저곳 눈물 젖어도
눈물이 자는 곳 참사랑이죠

봄 비

노자영

봄 비 밤새도록 소리없이 내리는 비!
첫사랑을 바치는 그 여인의 넋같은 보드러운 촉수(觸手)!
따뜻한 네 지정(至情)에 말랐던 개나리 다시 눈뜨리!

방울방울 눈물자욱 나무 가지에 어려
청록이 적은 엄은 어머니 유방에 묻힌 어린애 눈 같구나!
아, 봄 비. 어머니 마음씨 같은 보드러운 너의 애무!
오늘밤도 내리고 내일밤도 내려라
겨울도, 추위도, 얼음도 네 발자욱 밑에 모두 녹았으니.

꿈은 깨어지고

윤동주

잠은 눈을 떴다
그윽한 유무(幽霧)에서.

노래하는 종달이
도망쳐 날아나고,

지난날 봄타령하든
금잔디밭은 아니다.

탑(塔)은 무너졌다,
붉은 마음의 탑(塔)이—

손톱으로 새긴 대리석탑(大理石塔)이—
하로저녁 폭풍(暴風)에 여지(餘地)없이도,

오오 황폐(荒廢)의 쑥밭,
눈물과 목메임이여!

꿈은 깨어졌다
탑(塔)은 무너졌다.

三
十
日

기도

김명순

거울 앞에 밤마다 밤마다
좌우편에 촛불 밝혀서
한없는 무료를 잊고 지고
달빛같이 파란 분 바르고서는
어머니의 귀한 품을 꿈꾸려.

귀한 처녀 귀한 처녀 설운 신세 되어
밤마다 밤마다 거울의 앞에.

모두 거짓말이었다며
봄은 달아나 버렸다

みんな嘘にして春は逃げてしまった

타네다 산토카

Poppies, Isles of Shoals 1891

The Island Garden 1892

Maréchal Niel Roses 1919

Easter Morning (Portrait at a New York Window) 1921

Evening(Isles of Shoals) 1907

Lillie(Lillie Langtry) 1898

Mill Site and Old Todal Dam,
Cos Cob 1902

The Little Pond, Appledore 1890

Ten Pound Island 1896

Moonlight on the Sound 1906

Broadway and 42nd Street 1902

Strawberry Tea Set 1912

The Evening Star 1891

In the Sun 1888

Thaxter's Garden 1892

Listening to the Orchard Oriole 1902

Summer Evening 1910

Street Scene, Spain 1910

Apple Trees in Bloom, Old Lyme 1904

A Fisherman's Cottage 1895

Old House, East Hampton 1917

The Goldfish Window 1916

View of a Southern French City 1910

Portrait of Ethel Moore 1892

Gathering Flowers in a French Garden 1888

Summer Evening Paris 1889

Promenade at Sunset Paris 1889

Bailey's Beach, Newport, R.I. 1901

The Artist's Wife in a Garden Villiers Le Bel 1889

New England Headlands 1899

The Spanish Stairs, Rome 1987

Poppies Isles of Shoals 1891

The Sonata 1911

The Water Garden 1909

July Night 1898

Quai St. Michel 1888

Oyster Sloop, Cos Cob 1902

Oregon Landscape 1908

The Bridge at Grez(recto) 1904

Poppies Isles of Shoals 1890

Avenue of the Allies-Brazil, Belgium 1918

The Avenue in The Rain 1917

Couch on the Porch Cos Cob 1914

Geraniums 1888

Twenty Six of June Old Lyme 1912

Coast Scene, Isles of Shoals 1901

April(The Green Gown) 1920

Moonlight the Old House 1906

Fifth Avenue Nocturne 1895

Roses in a Vase 1890

Washington Arch, Spring 1890

The South Ledges, Appledore 1913

5월의 화가와 시인 이야기

빛과 공기의 화가,
차일드 하삼 이야기

차일드 하삼

차일드 하삼은 1859년 10월 17일 미국 매사추세츠주 도체스터에서 태어났다. 그의 아버지는 성공한 사업가였으며 어머니는 미국의 소설가 너새니엘 호손의 후손이다. 가정은 비교적 유복한 편이었다. 하삼은 어릴 때부터 예술에 관심을 보였지만, 그의 부모는 초기에 그의 재능에 거의 주목하지 않았고, 공식적인 미술 교육을 받기보다는 스스로 그림을 그리며 감각을 키웠다. 청소년기에 접어들면서 하삼은 상업 예술가로서 경력을 쌓기 시작했다. 보스턴 대화재 후 가족을 부양하기 위해 고등학교를 중퇴하고 출판사에서 일하며 목판화를 공부했다. 이후 조각가 밑에서 제도사로 일하며 수채화와 유화를 그리기 시작했다.

예술적 발견과 도시의 풍경들

1882년, 하삼은 프리랜서 일러스트레이터로 활동을 시작하며 잡지 삽화를 그렸고, 드로잉 수업을 통해 예술적 기술을 발전시켰다. 1883년, 보스턴에서 첫 개인전을 열고 'Childe Hassam'이라는 이름을 사용하기 시작했다. 서명에 초승달 기호를 추가했으나 그 의미는 정확히 알려지지 않았다. 같은 해 여름, 하삼은 유럽을 여행하며 고전 회화를 연구하고 수채화를 그렸다. 조지프 말로드 윌리엄 터너(Joseph Mallord William Turner)의 작품에 깊은 인상을 받았으며, 이 경험은 그의 두 번째 전시회로 이어졌다. 귀국 후, 그는 카울스 미술학교에서 가르치며 미술계 인맥을 넓히고, '보스턴 페인트 앤 클레이 클럽(Boston Paint and Clay Club)'에 가입했다. 하삼은 바르비종(barbizon) 화파의 영향을 받아 자연에서 직접 작업하는 방식을 중시하며, 개성과 독창성을 강조하는 예술 철학을 가졌다.

1880년대 중반부터는 도시 풍경화에 집중하며, 1885년 보스턴 커먼을 그린 작품을 시작으로 현대 도시의 생동감을 표현했다. 그러나 비평가들은 그의 도시적 주제를 예술로 인정하지 않았다.

A Rainy Day in Boston 1885

At Dusk(Boston Common at Twilight) 1885-1886

인상파의 영향과 독자적 예술 세계의 확립

하삼은 아카데미 줄리앙(Académie Julian)에서 학업을 이어갔으나 독학을 선호하며 점차 자신만의 스타일을 확립했다. 초기 파리 작품은 갈색 계열의 거리 풍경이었지만, 1887년 〈그랑프리의 날(Grand Prix Day)〉에서 밝고 확산된 색감을 사용하며 인상파적 기법을 도입했다. 그는 프랑스 인상파에 영향을 받았지만 직접적인 교류는 없었다. 1889년 만국박람회에 출품한 하삼의 작품들은 동메달을 수상하며 국제적으로 주목받았고, 이후 미국 인상파 그룹 '미국 인상파 10인(The Ten American Painters)'의 일원이 되었다.

하삼은 예술가는 자신의 시대를 반영해야 하며 과거를 답습해서는 안 된다고 주장했다. 그는 조지 이네스, 제임스 맥닐 휘슬러, 존 싱어 사전트와 같은 미국 화가들이 유럽 화단에서도 독자적인 노선을 개척할 수 있다고 믿었다. 프랑스 인상파 화가들, 특히 모네, 시슬리, 피사로의 작업을 높이 평가했지만, 직접적인 영향을 받기보다는 자신만의 스타일을 구축하는 데 집중했다. 르누아르의 스튜디오를 인수했을 때 발견한 유화 스케치를 통해 순수한 색을 활용하는 실험이 자신이 추구하던 방향과 일치함을 깨닫고, 이를 발전시키는 계기로 삼았다.

Grand Prix Day 1887-1888

Winter in Union Square 1889-1890

Cab Stand at Night, Madison Square, New York 1891

Le Crépuscule 1888~1893

Flower Girl 1887~1889

뉴욕에서의 새로운 시작과 도시 인상주의

1889년, 하삼은 뉴욕에 정착하여 스튜디오 일러스트레이션과 야외 풍경화 작업을 계속했다. 5번가와 17번가 근처에 스튜디오를 마련하고, 〈겨울의 5번가()〉(1892)를 완성했다. 이 작품은 어두운 팔레트로 겨울 도시의 분위기를 담았으며, 프랑스의 일간지 〈르 피가로〉는 이를 '미국적 특성'이라고 평가했다. 이후 그는 〈봄의 워싱턴 아치(Washington Arch, Spring)〉(1890)에서 밝은 색채를 사용하며 스타일의 변화를 보였다. 1890년대에 그의 작품은 유화와 수채화 모두 인상주의적으로 발전했고, 자신만의 방식을 유지했다.

하삼은 '미국 수채화 학회(American Water Color Society)'를 통해 인상파 화가들과 친분을 쌓았고, 이후 여러 미술 협회와 사교 클럽을 통해 폭넓은 인맥을 형성했다. 그는 뉴욕의 상류층이 거주하는 도시 풍경을 열정적으로 그리며 하류층 지역은 의도적으로 배제했다. 뉴욕을 세계에서 가장 아름다운 도시로 여긴 그는, 5번가를 따라 걷는 우아한 신사와 숙녀들, 마차가 오가는 번화한 거리를 주로 묘사했으며, 작품의 핵심은 언제나 '움직이는 인간성'이었다.

당시 클로드 모네와 교류하면서 미국 인상주의의 중심에 섰던 하삼은 야외에서 빛과 그림자의 효과를 적극적으로 활용했다. 그는 도시 풍경이 해변 풍경만큼이나 아름다우며 가장 놀라운 효과를 낼 수 있다고 보았다. 그러나 급변하는 도시의 움직임을 유화로 온전히 담아내기는 어려웠고, 이를 극복하기 위해 현장에서 신중하게 스케치를 한 뒤, 스튜디오에서 여러 장면을 조합해 최종 작품을 완성했다. 1890년대 중반부터 하삼은 여름마다 매사추세츠주 글로스터, 코네티컷주 코스콥, 올드라임 등 바다와 접한 지역으로 그림 여행을 떠나 각 장소의 독특한 분

위기를 화폭에 담았다. 한편, 〈뉴욕 타임스〉는 그를 '인상파 사제'라 칭했으나, 일부 비평가는 "색채가 너무 과장되었다."며 혹평했다. 경제 침체로 인해 경매에서 그림 한 점당 50달러도 받지 못하는 등 재정적 어려움을 겪은 하삼은 결국 유럽으로 돌아가기로 했다.

Fifth Avenue in Winter 1892

Lady in a Garden 1900

A Rainy Day, New York 1889

유럽 여행과 '미국 인상파 10인' 결성

하삼은 나폴리, 로마, 피렌체를 여행하며 고전주의 거장들의 작품을 연구한 후, 파리와 영국으로 이동했다. 그 기간에 그는 여전히 인상파 스타일을 유지하며 작업하다가 1897년, 뉴욕으로 돌아온 후에는 미국 미술가 협회에서 분리되어 '미국 인상파 10인'이라는 새로운 인상파 그룹을 결성했다. 이 그룹의 첫 번째 전시회에서는 그의 새로운 유럽 작품이 공개되었으나, 비평가들은 이를 '실험적'이고 '이해할 수 없다'고 평가했다. 그 후 그는 순수한 풍경과 건물에 대한 관심이 커지며, 색상이 더욱 옅어지고 톤이 부드러워지는 변화가 일어났다. 1903년에는 올드 라임 아트 콜로니에서 활동하며, 미국 인상주의로의 전환을 이끌었다.

예술과 삶의 재발견

45세의 하삼은 중년의 위기로 우울증과 음주 문제에 직면했으나, 이후 수영을 포함한 건강한 라이프스타일을 실천하며 영적이고 예술적인 회춘을 경험했다. 이 시기 동안 그는 신고전주의적 주제를 다루며 도시적 주제에 대한 관심은 점차 줄어들었다. 그는 도시 생활에 대한 피로를 느끼고, 고전적인 마차 장면 대신 현대의 번잡한 교통수단을 포착하는 것에 지쳤다고 고백했다.

하삼은 마천루가 예술적 매력을 지닌 건축물로 변화하는 것을 인정하며, 그의 도시 그림은 점차 높은 관점을 취해 인간을 더 작은 존재로 묘사하게 되었다. 또한, 그는 겨울을 뉴욕에서 보내고 나머지 시간은 여행을 다니며 새로운 주제와 관점에 자극을 받았다. 1904년과 1908년에는 오리건으로 여행을 가고 다양한 풍경을 그리며, 인상파의 맥락을 유지하면서도 주제와 장소의 분위기에 맞게 스타일과 색상을 조정했다.

Old Lyme Bridge 1903

Dragon Cloud, Old Lyme 1903

Duck Island 1906

The Hovel and the Skyscraper 1904

The Bathers 1904

Cathedral at Ronda 1910

New York Winter Window 1918-1919

예술적 전성기와 국제적 인정

1909년 하삼은 미술 시장에서 큰 성공을 거두며, 그림 한 점당 6,000달러를 벌었다. 1910년 하삼 부부는 유럽으로 돌아갔고, 파리의 변화를 목격했다. 그는 바스티유의 날 기념 기간에 뤼 도누 거리를 그리며, 후에 그의 대표작이 된 '국기 시리즈(The Flag Series)'의 기반이 되는 작품을 완성했다.

뉴욕으로 돌아온 하삼은 1920년대까지 활발한 작업을 이어가며, '창가 시리즈(The Window Series)'를 제작했다. 이 작품들은 꽃무늬 기모노를 입은 여성 모델과 빛이 가득한 창가를 특징으로 하여 박물관에서 큰 인기를 끌었다. 또한, 그는 해안 풍경과 정물화 작업으로 다시 돌아갔다. 1913년 '아머리 쇼(Armory Show)'에 참여하여 6점의 작품을 전시했으며, 급진적인 큐비즘 혁명에 대해 비판적인 시각을 보였다. 1915년에는 파나마-태평양 박람회에서 벽화 작업을 맡아 전시되었고, 에칭과 리소그래피에 대한 새로운 관심을 보였다.

국기와 함께한 마지막 붓질

1910년대 후반, 제1차 세계대전이 발발하면서 하삼은 애국심을 담은 작품들을 제작하기 시작했다. 그는 뉴욕 거리 곳곳에 휘날리는 미국 국기의 모습을 포착한 '국기 시리즈'를 그렸으며, 이는 그의 후기 작품 중 가장 중요한 시리즈로 평가받는다. 특히 〈비 오는 거리(The Avenue in the Rain)〉(1917)는 붉고 푸른 국기들이 비 오는 뉴욕 거리 위에서 흔들리는 모습을 인상주의적 기법으로 묘사한 작품으로, 미국의 정신과 애국심을 상징하는 작품으로 남았다.

1920년대에 들어서면서 하삼은 점점 보수적인 태도를 보이기 시작했다. 그는 현대 미술의 등장, 특히 유럽에서 유입된 입체파, 다다이즘 등의 새로운 미술 사조에 대해 강한 반감을 품었다. 그는 자신이 평생 추구해 온 인상주의 화풍이야말로 진정한 예술이라고 믿었으며, 아카데믹한 미술 교육을 받은 후배 화가들이 전통을 지켜야 한다고 주장했다. 말년에는 건강이 악화하여 1935년 8월 27일 뉴욕에서 생을 마감했다. 차일드 하삼은 미국 인상주의를 정립하고 확산시키는 데 크게 기여했으며, 그의 작품은 지금도 메트로폴리탄 미술관, 보스턴 미술관, 시카고 아트 인스티튜트 등 주요 미술관에 소장되어 있다.

Fifth Avenue in Winter 1919

Allies Day, May 1917

Victory Day, May 1919

St. Patrick's Day 1919

5월의 시인들

권태응
김명순
김상용
김영랑
노자영
백석
윤동주
이병각
이상
이장희
장정심
정지용
허민
고바야시 잇사
아라키다 모리다케
타네다 산토카

권태응

權泰應. 1918~1951. 일제강점기의 독립운동가이자 아동문학가, 시인이다. 1918년 충주군 충주읍의 칠금리에서 태어났다.

1932년 경성제일공립고등보통학교(지금의 경기고등학교)에 입학하였고, 재학 중이던 1935년에는 최인형, 염홍섭 등과 함께 항일비밀결사단체에 가입하여 민족의식을 키워갔다. 졸업 직전 친일 발언을 한 학생을 구타하여 종로경찰서에서 조사를 받았다. 졸업 후 일본 와세다대학에 재학하던 중 고교 동창인 염홍섭 등과 독서회를 조직하여 조국의 독립과 새로운 사회 건설에 대해 논했다. 1938년 일본 경찰에 체포되어 3년의 징역형을 선고받고 복역하던 중 폐결핵으로 1940년 풀려났으나 대학에서는 퇴학당했다. 1941년 고향으로 돌아와 농사를 지으며 창작활동에 전념하였다. 또한 야학을 열어 항일 사상을 강의하기도 하였다. 권태응은 어린이들에게도 큰 애정을 가지고 동요와 동시를 많이 발표했다. 해방 후 한국전쟁이 일어나면서 약을 구하지 못해 병이 악화하여 1951년 3월, 34세의 나이에 별세하였다.

권태응은 토속적인 내용을 소재로 하면서 애국심과 항일의식이 담긴 시들을 주로 발표했다. 그가 발표한 동시에서도 애국심과 항일의식을 느낄 수 있다. 대표적인 시집으로는 『감자꽃』(1948)이 있는데 이 시집의 표제작인 시 〈감자꽃〉은 일제의 창씨개명에 반항하려는 의도를 갖고 지은 작품이다. 이 밖에도 〈고추밭〉 〈율무〉 〈옹달샘〉 〈도토리들〉 〈산샘물〉 〈달팽이〉 등의 시와 단편소설, 희곡, 수필 등 다양한 작품을 남겼다.

김명순

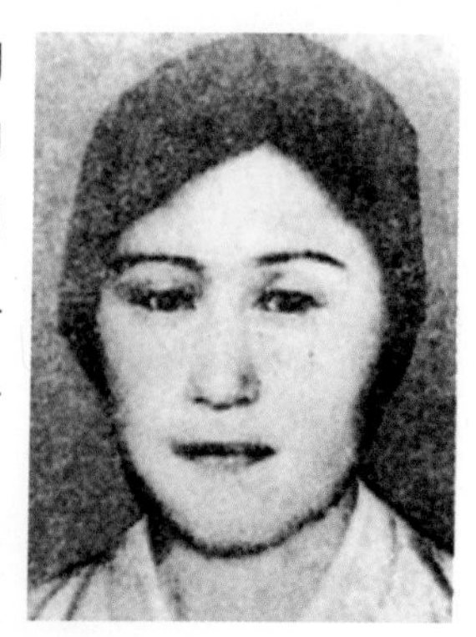

金明淳. 1896~1951. 우리나라 최초의 여성 소설가다. 1896년 평안남도 평양에서 태어났다. 아버지는 명문이며 부호인 김가산이고, 어머니는 그의 소실이었다. 그러나 어린 나이에 부모를 여의고 고아로 자랐다.

1911년 서울에 있는 진명(進明)여학교를 다녔고 동경에 유학하여 공부하기도 했다. 그녀는 봉건적인 가부장적 제도에 환멸을 느끼게 되며 이는 그녀의 이후 삶과 작품에 지대한 영향을 미치게 된다. 전통적인 남녀 간의 모순적 관계를 극복하는 새로운 연애를 갈망했으며 남과 여의 주체적인 관계만이 올바르다고 생각했다. 이 시기에 〈청춘(青春)〉의 현상문예에 단편소설 「의심의 소녀」가 당선되어 문단에 데뷔하였다. 「의심의 소녀」는 전통적인 남녀관계에서 결혼으로 발생하는 비극적인 여성의 최후를 그려내는 작품이며 이 작품을 통해 여성해방을 위한 저항정신을 표현하였다.

그 후에 탄실(彈實) 또는 망양초(望洋草)라는 필명으로 단편소설 「칠면조(七面鳥)」(1921) 「돌아볼 때」(1924) 「탄실이와 주영이」(1924) 「꿈 묻는 날 밤」(1925)과 시 〈동경(憧憬)〉 〈옛날의 노래여〉 〈창궁(蒼穹)〉 〈거룩한 노래〉 등을 발표했다. 1925년에는 시집 『생명의 과실(果實)』을 출간하며 주목을 받고 활발한 활동을 보였으나, 그 후 일본 동경에 가서 작품도 쓰지 못하고 가난에 시달리다 복잡한 연애 사건으로 정신병에 걸려 사망했으며 그녀의 죽음에 관해서는 정확하게 알려진 내용이 없다. 김동인(金東仁)의 소설 『김연실전』의 실제 모델로 알려진 개화기의 신여성이다.

김상용

金尙鎔. 1902~1951. 일제강점기의 시인, 소설가이자 문학평론가였고, 번역가와 영문학자로도 활동했다. 1902년 경기도 연천에서 태어났다. 시조 시인 김오남(金午男)이 여동생이다. 그의 아호는 월파(月坡)로, 성과 호를 합친 김월파(金月坡)라고도 불리었다.

1917년 경성제일고등보통학교 입학, 1919년 3·1운동 관련으로 제적되어 보성고등보통학교로 전학, 1921년 졸업했다. 이듬해인 1922년 일본 릿쿄대학 영문과에 입학, 1927년에 졸업했다. 귀국 후 보성고등보통학교 교사로 재직하면서 1930년경부터 〈동아일보〉 등에 시를 게재했고, 에드거 앨런 포의 〈애너벨리〉(《신생(新生)》 27, 1931.1), 키츠(J. Keats)의 〈희랍고옹부(希臘古甕賦)〉(《신생》 31, 1931.5) 등의 외국문학을 번역·소개했다. 1933년부터 이화여자전문학교 영문과 교수로 근무하면서, 1938년 〈남으로 창을 내겠오〉를 수록한 시집 『망향(望鄕)』을 출간했다.

해방 이후 미군정청이 강원도 지사로 임명했으나 곧 사임했고, 1945년 이화여자대학교 교수로 복직했다. 이듬해 미국으로 건너가 1946년부터 1949년까지 보스턴대학에서 영문학을 연구했고, 귀국 후 이화여자대학의 학무처장을 맡았다. 1950년 수필집 『무하선생방랑기(無何先生放浪記)』를 출간했고, 코리아타임즈사의 초대 사장을 역임했다. 1951

년 6월 22일 부산에서 사망했다.

김상용의 시에는 동양적이고 관조적인 허무의 정서가 깔려 있으나 낙관적인 방식으로 어둡지 않게 표현된 것이 특징이다. 〈남으로 창을 내겠오〉와 이 시의 마지막 연 "왜 사냐건 웃지오"가 유명하다.

김영랑

金永郞. 1903~1950. 시인이자 독립운동가다. 본관은 김해(金海). 본명은 김윤식(金允植). 영랑은 아호인데 〈시문학(詩文學)〉에 작품을 발표하면서부터 사용하기 시작했다. 1903년 전라남도 강진에서 태어났다. 강진보통학교를 졸업한 후 1917년 휘문의숙에 입학했지만 1919년 3·1운동 때 학교를 그만두고 강진에서 만세운동을 벌일 계획을 세우다 체포되었다. 징역 1년 형을 받고 투옥되었지만, 실제 만세운동을 벌이지 않았다는 이유로 무죄를 선고받았다. 이후 1920년 일본 유학길에 올라 아오야마학원에서 영문학을 공부했다. 일본에서 유학하며 아나키스트이자 사회운동가인 박열과 교류했다. 1923년 관동대지진이 일어나면서 학업을 중단하고 귀국했다.

1930년 정지용, 박용철 등과 함께 〈시문학〉 동인에 가입하며 본격적인 작품 활동을 시작했다. 초기 시는 1935년 박용철에 의하여 발간된 『영랑시집』 초판의 수록시편들이 해당되는데, 여기서는 자연에 대한 깊은 애정이나 인생을 바라보는 태도에서의 역정(逆情)·회의 같은 것은 찾아볼 수 없다. '슬픔'이나 '눈물'의 용어가 수없이 반복되면서 그 비애의식은 영탄이나 감상에 기울지 않고, '마음'의 내부로 향하며 정감의 극치를 이루고 있다. 김영랑의 초기 시는 같은 시문학동인인 정지용 시의 감각적 기교와 더불어 그 시대 한국 순수시의 극치를 보여주고 있다.

김영랑은 특히 서정시의 대표적인 시인으로, 그의 작품은 감성적이고, 아름다운 언어로 민족적 정서를 표현하는 데 집중했다. 그의 시에는 자연과 인간, 사랑과 이별, 그리고 고향에 대한 향수가 깊이 묻어난다. 대표적인 작품으로는 〈모란이 피기까지는〉 〈나그네〉 〈춘원〉 〈별〉 〈시인의 시〉 등이 있다. 특히 〈모란이 피기까지는〉은 김영랑의 대표적인 시로, 사랑과 기다림, 그리고 삶에 대한 깊은 성찰이 녹아 있는 작품이다.

김영랑은 문학적인 성향상, 전통적인 한국 시의 양식을 고수하면서도, 그 안에 근대적 감각을 녹여내고자 했다. 그는 민족의 정서를 현대적이고 미학적인 방식으로 풀어내는 데 집중했다. 이러한 특성 덕분에 김영랑은 한국 문학사에서 중요한 역할을 하게 되었다.

1940년을 전후하여 민족항일기 말기에 발표된 〈거문고〉 〈독(毒)을 차고〉 〈망각(忘却)〉 〈묘비명(墓碑銘)〉 등의 후기 시에서는 그 형태적인 변모와 함께 인생에 대한 깊은 회의와 '죽음'의 의식이 나타나 있다.

김영랑은 1950년 한국전쟁 당시 서울에서 포탄 파편에 맞아 48세에 사망했다.

노자영

盧子泳. 1898~1940. 시인이자 작가다. 호는 춘성(春城)이며, 출생지는 황해도 장연 또는 송화군으로 전해지고 있지만 정확한 것은 알 수가 없다.

평양 숭실중학교에 입학하여 신문학을 접하면서 톨스토이, 하이네, 보들레르 등을 탐독했다. 졸업 후에는 고향의 양재학교에서 교편생활을 한 적이 있으며, 문학에 대한 열정도 계속되어 낮에는 학생들을 가르치고 밤에는 글을 썼다.

1919년 상경하여 한성도서주식회사에 입사하여 〈학생계〉와 〈서울〉지의 기자로 활동했다. 이 시기에 같은 잡지에 시를 발표하기 시작했다. 1935년에는 조선일보 출판부에 입사하여 〈조광(朝光)〉지를 맡아 편집하였다. 1938년에는 기자 생활을 청산하고 청조사(靑鳥社)를 직접 경영한 바 있다.

노자영의 시는 낭만적 감상주의로 일관되고 있으나 때로는 신선한 감각을 보여주기도 한다. 산문에서도 소녀 취향의 문장으로 명성을 떨쳤다. 『처녀의 화환』(1924) 『내 혼이 불탈 때』(1928) 『백공작』(1938) 등의 시집과 『청춘의 광야』(1924) 『표박(漂泊)의 비탄』(1925) 『사랑의 불꽃: 연애서간』(1931) 『나의 화환-문예미문서간집』(1939) 등의 문집, 그리고 『반항』(1923) 『무한애의 금상』(1925) 등의 소설집을 출간했다.

백석

白石. 1912~1996. 일제 강점기와 조선민주주의인민공화국의 시인이자 소설가, 번역문학가이다. 본명은 백기행(白夔行)이며 본관은 수원(水原)이다. '白石(백석)'과 '白奭(백석)'이라는 아호(雅號)가 있었으나, 작품에서는 거의 '白石(백석)'을 쓰고 있다.

평안북도 정주(定州) 출신. 오산고등보통학교를 마친 후, 일본에서 1934년 아오야마학원 전문부 영어사범과를 졸업하였다. 부친 백용삼과 모친 이봉우 사이의 3남 1녀 중 장남으로 출생했다. 부친은 우리나라 사진계의 초기 인물로 〈조선일보〉의 사진반장을 지냈다. 모친 이봉우는 단양군수를 역임한 이양실의 딸로 소문에 의하면 기생 내지는 무당의 딸로 알려져 백석의 혼사에 결정적인 지장을 줄 정도로 당시로서는 심한 천대를 받던 천출의 소생으로 알려져 있다. 1930년 〈조선일보〉 신년현상문예에 1등으로 당선된 단편소설 〈그 모(母)와 아들〉로 등단했고, 몇 편의 산문과 번역소설을 내며 작가와 번역가로서 활동했다. 실제로는 시작(時作) 활동에 주력했으며, 1936년 1월 20일에는 그간 〈조선일보〉와 〈조광(朝光)〉에 발표한 7편의 시에, 새로 26편의 시를 더해 시집 『사슴』을 자비로 100권 출간했다. 이 무렵 기생 김진향을 만나 사랑에 빠졌고 이때 그녀에게 '자야(子夜)'라는 아호를 지어주었다. 이후 1948년 〈학풍(學風)〉

창간호(10월호)에 〈남신의주 유동 박시봉방(南新義州 柳洞 朴時逢方)〉을 내놓기까지 60여 편의 시를 여러 잡지와 신문, 시선집 등에 발표했으나, 분단 이후 북한에서의 활동은 정확히 알려진 것이 없다. 백석은 자신이 태어난 마을과 마을 사람들 그리고 주변 자연을 대상으로 시를 썼다. 작품에는 평안도 방언을 비롯하여 여러 지방의 사투리와 고어를 사용했으며 소박한 생활 모습과 철학적 단면이 시에 잘 드러나 있다. 그의 시는 한민족의 공동체적 친근감에 기반을 두었고 작품의 도처에는 고향의 부재에 대한 상실감이 담겨 있다.

윤동주

尹東柱. 1917~1945. 일제강점기의 저항(항일) 시인이자 독립운동가다. 아명은 해환(海煥). 만주 북간도의 명동촌에서 태어났으며, 기독교인인 할아버지의 영향을 받았다. 1931년(14세)에 명동소학교를 졸업하고, 한때 중국인 관립학교인 대랍자(大拉子)소학교를 다니다 가족이 용정으로 이사하자 용정에 있는 은진중학교에 입학했다. 1935년에 평양의 숭실중학교로 전학하였으나, 학교에 신사참배 문제가 발생하여 폐쇄당하고 말았다. 다시 용정에 있는 광명학원의 중학부로 편입하여 거기서 졸업했다. 1941년에는 서울의 연희전문학교 문과를 졸업하고, 일본으로 건너가 도쿄에 있는 릿쿄 대학 영문과에 입학했다가, 다시 1942년, 도시샤 대학 영문과로 옮겼다. 1943년 7월 학업 도중 귀향하려던 시점에 항일운동을 했다는 혐의로 일본 경찰에 체포되어 2년 형을 선고받고 후쿠오카 형무소에서 복역했다. 그러나 복역 중 건강이 악화되어 1945년 2월에 생을 마감하고 말았다. 유해는 그의 고향 용정에 묻혔다. 한편, 그의 죽음에 관해서는 옥중에서 정체를 알 수 없는 주사를 정기적으로 맞은 결과이며, 이는 일제의 생체실험의 일환이었다는 주장도 제기되고 있다.

15세 때부터 시를 쓰기 시작하여 첫 작품으로 〈삶과 죽음〉 〈초한대〉를 썼다. 발표 작품으로는 만주 연길에서 발간된 잡지 〈가톨릭 소년〉에 실린 동시 〈병아리〉(1936. 11) 〈빗자루〉(1936. 12) 〈오줌싸개 지도〉(1937. 1) 〈무얼 먹구사나〉(1937. 3) 〈거짓부리〉(1937. 10) 등이 있다. 연희전문학교 시절 작품으로는 〈조선일보〉에 발표한 산문 〈달을 쏘다〉, 교지 〈문우〉에 게재된 〈자화상〉 〈새로운 길〉이 있다. 그의 유작인 〈쉽게 쓰여진 시〉는 사후인 1946년 〈경향신문〉에 게재되기도 했다.

윤동주의 대표작으로는 〈서시〉〈별 헤는 밤〉〈자화상〉 등이 있으며, 그중에서도 〈서시〉는 그의 철학적이고 민족적 고뇌를 잘 나타낸 작품으로, 현재까지도 많은 사람들이 기억하는 명작으로 꼽힌다. 이 시는 자기 자신을 고백하는 형식으로 시작되며, 일제의 압박 속에서 자아를 찾고자 하는 고독한 내면의 목소리를 담고 있다.

윤동주의 절정기에 쓰인 작품들을 1941년 연희전문학교를 졸업하던 해에 '하늘과 바람과 별과 시'라는 제목으로 발간하려 하였으나 뜻을 이루지 못했다. 그의 자필 유작 3부와 다른 작품들을 모아 친구 정병욱과 동생 윤일주가, 사후에 그의 뜻대로 1948년, 『하늘과 바람과 별과 시』라는 제목으로 출간했다. 29년의 짧은 생애를 살았지만 특유의 감수성과 삶에 대한 고뇌, 독립에 대한 소망이 서려 있는 작품들로 인해 대한민국 문학사에 길이 남은 전설적인 문인이다. 2017년 12월 30일, 탄생 100주년을 맞이했다.

이병각

李秉珏. 1910~1941. 일제강점기의 시인이다. 본관은 재령(載寧)이고, 경상북도 영양에서 태어났다. 몽구(夢駒)라는 아호로 불리었고, 호적명은 이인대(李仁大)이지만 실제 이름은 이병각이다.

이병각은 1918년 안동보통학교 입학하였고, 1924년 서울로 상경하여 중동학교 입학했으나 1929년 광주학생사건에 연루 퇴학당했다. 1930년에는 일본에 머무르다가 귀국하여 청년운동과 민중운동을 했다. 카프가 해체된 시기인 1935년에서 1936년 사이 문단활동을 시작하였고 평론, 산문, 시에 이르는 장르의 경계를 넘나들며 자유롭게 작품활동을 하였다. 민태규, 윤곤강 등과 함께 낭만동인회를 조직하고 시 동인지 〈낭만(浪漫)〉을 발행하면서, 창간호에 시 〈한강〉을 발표하였다. 1936년 〈조선일보〉에 '예술과 창조'라는 글을 기고하면서 정지용의 시에 대해 비판하였다. 1937년에는 시 전문 동인지 〈자오선(子午線)〉 창간에 참여하였으며, 1939년에는 〈자오선〉 창간 동인들을 주축으로 시 전문 동인지 〈시학(詩學)〉 창간에도 참여하였다. 주로 자본주의나 제국주의를 비판하고 풍자하는 내용의 작품들을 발표하였다.

하지만 이른 죽음으로 인해 그 활동 기간은 카프 해소 이후 10여 년뿐이다. 현실 도피적인 성향인 데다 후두결핵으로 문단활동도 활발하게 하지 못하였다.

이병각은 말년에 병든 몸으로 직접 한지에다 모필로 시집을 묶었는데, 그 첫 장에는 '가장 괴로운 시대에 나를 나허주신 어머님께 드리노라'라고 쓰여 있다.

이상

李箱. 1910~1937. 일제강점기의 시인이자 소설가다. 1910년 아버지 김연창(金演昌)과 어머니 박세창(朴世昌) 사이에서 2남 1녀 중 장남으로 태어났다. 태어나고 3년 후인 1913년 몰락한 양반인 백부 김연필의 집으로 입양되었다. 어렸을 때부터 길바닥에 버려져 있던 목단 열 끗을 똑같이 그려내어 사람들을 놀라게 하거나, 자 없이도 반듯한 직선을 긋는 등 그림에 대한 천부적인 재능이 있었으며, 본인 또한 화가를 꿈꾸었다. 그러나 가난한 화가보다 배곯을 일 없는 기술자가 되라는 김연필의 반대로, 이상은 1927년 경성고등공업학교에 입학해 1929년 건축과를 수석으로 졸업하였고, 이후 조선총독부에서 건축기사로 복무하였다. 건축기사가 된 지 1년이 지난 1930년, 그는 조선총독부에서 발간하던 잡지 조선에서 필명 이상(李箱)으로 장편소설 12월 12일을 9회 동안 연재한 것을 시작으로 문학계에 데뷔했다. 퇴사 전까지 그는 이상(李箱)을 포함해 비구(比久), 보산(甫山) 등의 필명으로 조선총독부에서 발간하는 잡지에 작품들을 투고했다. 그러던 1931년, 그는 갑작스럽게 폐결핵을 진단받았다. 병세는 날이 갈수록 악화되어 1933년부터는 각혈까지 시작되었고, 건축기사 일을 지속하기 어렵다고 판단한 이상은 조선총독부에서 퇴사하고 요양을 하러 갔다. 요양 후 서울로 돌아와서는 종로1가에 다방 제비를 차리고 이 시기에 박태원, 정지용, 김기림, 이태준 등 문학가들과 교류를 시작했다. 정지용의 주선을 통해 〈가톨릭청년〉에 시 〈꽃나무〉와 〈이런 시〉를 발표했고, 또한 이태준의 도움을 받아 〈조선중앙일보〉에서 시 〈오감도〉를 연재했지만, 독자들의 거센 반발로 인해 15회 만에 연재를 중지하였다.

이상은 현대시사를 논할 때 결코 빼놓을 수 없는 시인이며, 전위적이고 해체적인 글쓰기로 한국의 모더니즘 문학사를 개척한 작가로 평가받고 있다. 1930년대에 있었던 1920년대의 사실주의, 자연주의에 반발한 모더니즘 운동의 기수였다. 그의 초현실주의적 작품활동은 한국 근대문학이 국제적·선진적 사조에 합류하는 데 지대한 공헌을 했다고 평가받는다.

겉으로는 서울 중인 계층 출신으로 총독부 기사였던 평범한 사람이지만, 20세부터 죽을 때까지 폐병으로 인한 각혈과 지속적인 자살 충동 등 평생을 죽음의 공포 속에서 살아야 했던 기이한 작가였다. 한국 역사상 가장 독창적인 시와 소설을 창작한 바탕에는 이런 공포가 늘 그의 삶에 있었기 때문일지도 모른다.

이장희

李章熙. 1900~1929. 일제강점기의 시인이다. 본명은 이양희(李樑熙), 아호는 고월(古月). 1900년 경상북도 대구에서 태어났다. 대구보통학교와 일본 교토중학교를 졸업했다. 1920년에 이장희(李樟熙)로 개명하였으나 필명으로 장희(章熙)를 사용한 것이 본명처럼 되었다. 문단의 교우 관계는 양주동·유엽·김영진·오상순·백기만·이상화 등 극히 제한되어 있었다. 이장희의 아버지는 조선총독부 중추원의 참의로서 일본인들과의 교류가 활발했다. 이장희에게 통역을 맡기려고 하거나 총독부 관리로 취직하라고 권유했지만 이장희는 그 말들을 한 번도 따르지 않고 모두 거부했다. 이후 이장희의 아버지도 이장희를 버린 자식으로 취급했으며, 이장희는 매우 가난하게 살았다. 세속적인 것을 싫어하여 고독하게 살다가 1929년 11월 대구 자택에서 음독자살했다.

1924년 〈금성〉 3월호에 〈실바람 지나간 뒤〉 〈새한마리〉 〈불놀이〉 〈무대〉 〈봄은 고양이로다〉 등 5편의 시와 톨스토이 원작의 번역소설 〈장구한 귀양〉을 발표하면서 등단했다. 이후 〈신민〉 〈생장〉 〈여명〉 〈신여성〉 〈조선문단〉 등 잡지에 〈동경〉 〈석양구〉 〈청천의 유방〉 〈하일소경〉 〈봄철의 바다〉 등 30여 편의 작품을 발표했다. 요절하였기에 생전에 출간된 시집은 없으며, 이장희의 사후인 1951년, 백기만이 6.25 한국

전쟁 중 청구출판사에서 펴낸 『상화와 고월』에 시 11편만 실려 전해지다가 제해만 편 『이장희전집』(문장사, 1982)과 김재홍 편 『이장희전집평전』(문학세계사, 1983)등 두 권의 전집에 유작이 모두 실렸다.

이장희의 전 시편에 나타난 시적 특색은 섬세한 감각과 시각적 이미지, 그리고 계절의 변화에 따른 시적 소재의 선택에 있다. 대표작 〈봄은 고양이로다〉는 다분히 보들레르와 같은 발상법을 바탕으로 하고 있는데 '고양이'라는 한 사물이 예리한 감각으로 조형되어 생생한 감각미를 보인다. 이 시는 작자의 순수지각(純粹知覺)에서 포착된 대상인 고양이를 통해서 봄이 주는 감각을 집약적으로 표현하고 있다. 1920년대 초반의 시단은 퇴폐주의·낭만주의·자연주의·상징주의 등 서구 문예사조에 온통 휩싸여 퇴폐성이나 감상성이 지나치게 노출되어 있었음에도 불구하고, 그의 시는 섬세한 감각과 이미지의 조형성을 보여주고 있다. 바로 뒤를 이어 활동한 정지용과 함께 한국시사에서 새로운 시적 경지를 개척했다.

장정심

張貞心. 1898~1947. 일제강점기의 시인이자 독립운동가다. 1898년 개성에서 태어났다. 호수돈여자고등보통학교를 마치고 서울로 와서 이화학당유치사범과와 협성여자신학교를 졸업하고 감리교여자사업부 전도사업에 종사했다.

1927년경부터 시를 쓰기 시작하여 많은 작품을 신문과 잡지에 발표했다. 기독교계에서 운영하는 잡지 〈청년(靑年)〉에 발표하면서부터 등단했다. 1933년 한성도서주식회사에서 간행한 『주(主)의 승리(勝利)』는 그의 첫 시집으로 신앙생활을 주제로 하여 쓴 단장(短章)으로 엮었다. 1934년 경천애인사(敬天愛人社)에서 출간된 제2시집 『금선(琴線)』은 서정시·시조·동시 등으로 구분하여 200수 가까운 많은 작품을 수록하고 있다.

그녀의 시는 서정적이고 감성적이며, 자아의 내면과 여성적 정서를 중심으로 한 작품들이 많다. 또한, 근대화와 전쟁, 여성의 삶에 대한 고찰을 시로 풀어내며, 한국 문학에서 여성의 목소리를 더욱 선명하게 표현한 시인으로 평가된다. 독실한 신앙심을 바탕으로 한 맑고 고운 서정성의 종교시를 씀으로써 선구자적 소임을 다한 시인으로 높이 평가되고 있다.

정지용

鄭芝溶. 1902~1950. 대한민국의 대표적 서정 시인이다. 충청북도 옥천군에서 태어났다. 연못의 용이 하늘로 올라가는 태몽을 꾸었다고 하여 아명은 지룡(池龍)이라고 했다. 당시 풍습에 따라 열두 살에 송재숙과 결혼했으며, 1914년 아버지의 영향으로 로마 가톨릭에 입문하여 '방지거(方濟各, 프란치스코)'라는 세례명을 받았다. 옥천공립보통학교와 휘문고등보통학교를 졸업했고, 일본의 도시샤대학에서 영문학을 공부했다. 1926년 〈학조〉 창간호에 「카페·프란스」를 발표하면서 등단했다.

정지용은 섬세하고 독특한 언어를 구사하며, 생생하고 선명한 대상 묘사에 특유의 빛을 발하는 시인이다. 한국현대시의 신경지를 열었다는 평가를 받고 있으며, 이상을 비롯하여 조지훈·박목월 등과 같은 청록파 시인들에게 영향을 주었다. 그는 휘문고보 재학 시절 〈서광〉 창간호에 소설 〈삼인〉을 발표하였으며, 일본 유학시절에는 대표작이 된 〈향수〉를 썼다. 1930년에 시문학 동인으로 본격적인 문단 활동을 했고, 구인회를 결성하고, 문장지의 추천위원으로도 활동했다. 해방 이후 〈경향신문〉의 주간으로 일하며 대학에도 출강했는데, 이화여대에서는 라틴어와 한국어를, 서울대에서는 시경을 강의했다.

1950년 한국전쟁이 일어난 뒤에는 김기림·박영희 등과 함께 서대문형무소에 수용되었고, 이후 납북되었다가 사망했다. 사망 장소와 시기는 정확히 확인되지 않았는데, 1953년 평양에서 사망했다고 알려져 있다.

정지용은 서정적이고 감각적인 표현, 자연과 인간의 관계, 민족적 정서와 고전적 미학을 현대적 감각으로 풀어낸 시인으로, 한국 현대 시의 큰 기초를 닦았으며, 그의 문학적 특징은 오늘날까지 많은 이에게 영향을 미쳤다. 정지용의 시에서 가장 중요한 주제 중 하나는 자연과 인간을 하나로 엮는 것이다. 그는 자연과 인간의 융합을 통해 삶의 의미와 본질을 풀어냈으며, 자연의 변화를 통해 인간의 삶에 대한 성찰과 깨달음을 표현하려 했다. 특히 그의 대표작 〈향수〉에서는 자연과 인간의 감정이 유기적으로 결합되어 하나의 독특한 시적 세계를 만들어냈다.

주요 저서로는 『정지용 시집』(1935) 『백록담』(1941) 『지용문학독본』(1948) 『산문』(1949) 등이 있다. 정지용의 고향 충북 옥천에서는 매년 5월에 지용제를 개최하고 있으며, 1989년부터는 시와 시학사에서 정지용문학상을 제정하여 매년 시상하고 있다.

허민

許民. 1914~1943. 일제강점기의 시인이자 소설가다. 1914년 경남 사천에서 태어났다. 본명은 허종(許宗)이고, 허민(許民)은 필명이다. 이외에도 허창호(許昌瑚), 일지(一枝), 곡천(谷泉) 등의 필명을 썼고, 법명으로 야천(野泉)이 있다. 측량기사였던 아버지가 허민 생후 삼 일째 되는 날 요절한 이후 어머니와 외조부의 슬하에서 자랐다.

1936년 12월 〈매일신보〉 현상 공모에 단편소설 「구룡산(九龍山)」이 당선되어 등단하였다. 시인 유엽 추천으로 1940년에 시 〈야산로(夜山路)〉를 〈문장(文章)〉에 발표하였고, 1941년에는 이태준의 추천으로 단편 「어산금(魚山琴)」을 같은 잡지에 발표하였다. 1941년 시 〈해수도(海水圖)〉를 〈만선일보〉에 발표하였다.

허민의 시는 자유시를 중심으로 시조, 민요시, 동요, 노랫말에다 성가, 합창극에까지 이르는 다양한 갈래에 걸쳐 있다. 시의 제재는 산·마을·바다·강·호롱불·주막·물귀신·산신령 등 자연과 민속에 속하며, 주제는 막연한 소년기 정서에서부터 농촌을 중심으로 민족현실에 대한 다채로운 깨달음과 질병(폐결핵)에 맞서 싸우는 한 개인의 실존적 고독 등을 표현하고 있다.

그의 대표적인 시 〈율화촌(栗花村)〉은 단순한 복고취미로서의 자연애호에서 벗어나 인정이 어우러진 안온한 농촌공동체를 형상화함으로써 시적 비전을 제시하고자 하였다.

이 외에도 소설 작품으로 「사장(射場)」「석이(石茸)」가 있다. 아울러 동화로 「박과 호박」이 있고, 수필로 「단풍(丹楓)」이 있으며, 평론「나의 영록기(迎綠記)」가 있다.

고바야시 잇사

小林一茶. 1763~1828. 에도 시대의 하이카이시(俳諧師, 일본 고유의 시 형식인 하이카이, 즉 유머러스한 내용의 시를 짓던 사람)다. 나가노현의 가난한 농가에서 태어났으며, 본명은 고바야시 야타로(こばやし やたろう)다. 15세 때 고향 시나노를 떠나 에도를 향해 유랑 길에 올랐다.

39세에 아버지를 여읜 뒤, 계모와 유산을 놓고 격렬히 분쟁하기도 했다. 40대에 접어든 잇사는 주로 바소 지역으로 하이쿠 여행을 다니며 생계를 유지했다. 그와 동시에, 그는 나쓰메 세이미(夏目 成美) 등과 함께 가쓰시카파(葛飾派)의 경계를 넘어 당시 실력 있는 하이쿠 시인들과 교류를 넓혀갔다. 이 과정에서 그는 하이쿠 문단에서 '잇사조(一茶調)'라는 독자적인 하이쿠 스타일을 확립하였고, 당시 하이쿠계에서 널리 알려지게 되었다.

하지만 하이쿠 여행을 통해 생계를 유지하던 잇사는 불안정한 생활 때문에 계모와 동생과의 유산 상속 문제를 계속해서 협상했으며, 고향에서 하이쿠 스승으로서 안정적인 삶을 살기 위해 '잇사 사중(一茶社中)'을 결성하여 활동을 이어갔다.

잇사의 하이쿠는 소박하고 따뜻한 감성을 담고 있으면서도, 삶의 고통과 덧없음을 유머러스하게 표현한 것이 특징이다. 특히 가난, 가족의 죽음, 외로움 같은 개인적인 아픔을 자연 속에서 위로받으며 시로 풀어냈다. 또한 어려서부터 역경을 겪은 탓에 속어와 방언을 섞어 생활감정을 표현한 구절을 많이 남겼다. 마쓰오 바쇼, 요사 부손과 함께 일본 하이쿠의 3대 거장으로 꼽힌다.

아라키다 모리다케

荒木田守武. 1473~1549. 이세(伊勢) 하이카이의 선조다. 전국(戦国)시대 내궁(内宮)의 신관(神職)이다. 내궁 네기(禰宜)인 소노다 모리히데의 9남으로 저명한 후지나미 우지츠네의 외손이다. 신궁의 세력이 아주 쇠약하던 중세 말엽, 정사위(正四位)·일네기(一禰宜)가 되었다.

신을 모시는 한편, 이이오 소기 소장을 존경하고 사모하여 하이카이(俳諧)·연가(連歌)에 관심을 두고 〈신센츠쿠바슈(新撰菟玖波集)〉에 투고했다. 그는 하이카이의 창작과 보급에 힘썼으며, 그의 작품은 이후 하이쿠 문학의 발전에 큰 영향을 미쳤다. 일상적인 주제를 다루면서도 깊은 통찰과 유머를 담고 있어 많은 사람들에게 사랑받았다.

덴분 5년(天文,1536)에 '초하루구나! 신의 시대도 생각나는구나'라고 읊었다. '가미지산 내가 지금까지 해온 일도, 앞으로 할 일도 산봉우리의 소나무 바람 소나무 바람'이라는 시구도 유명하다.

타네다 산토카

種田山頭火. 1882~1940. 쇼와(昭和) 시대의 방랑시인이다. 1882년 호후시에서 태어났다. 잡지 〈소운(層雲)〉의 경영자였던 오기와라 세이센스이(荻原井泉水)의 문하생이었으며, 1925년 구마모토시에 있는 절에 출가해 득도하였고, 코호(耕畝)라는 이름으로 개명했다. 산토카는 배호(하이쿠 시인의 필명)이며 본명은 타네다 쇼이치(種田 正一)다. 겉으로는 무전걸식하는 탁발승이었지만, 어쩔 수 없는 한량이며 술고래에다 툭하면 기생집을 찾는 등 소란을 피우며 문필가 친구들에게 누를 끼쳤다. 그래도 인간적인 매력이 많아 사람들에게 사랑을 받았다. 산토카를 모델로 한 만화 〈흐르는 강물처럼〉의 실제 주인공이다.

산토카는 정형화된 5-7-5형식의 하이쿠(俳句)에 자유율을 도입한 일본의 천재시인이다. 그의 하이쿠는 방랑하는 삶 속에서 자연과 인간 존재를 깊이 성찰한 작품들이 많으며, 간결하지만 강한 여운을 남기는 것이 특징이다. 그의 평생소원은 '진정한 나의 시를 창조하는 것'과 '누구에게도 폐를 끼치지 않고 죽는 것'이었다. 그리고 하이쿠 하나만을 쓰는 데 삶을 바쳤다.

The Room of Flowers 1894

Geraniums 1888-1889

열두 개의 달 시화집 플러스 五月
다정히도 불어오는 바람

초판 1쇄 인쇄 2025년 4월 20일
초판 1쇄 발행 2025년 5월 1일

시인 윤동주 외 15명
화가 차일드 하삼
발행인 정수동
편집주간 이남경
편집 김유진
표지 디자인 Yozoh Studio Mongsangso

발행처 저녁달
출판등록 2017년 1월 17일 제406-2017-000009호
주소 경기도 파주시 문발로 142 니은빌딩 304호
전화 02-599-0625
팩스 02-6442-4625
이메일 book@mongsangso.com
인스타그램 @eveningmoon_book
ISBN 979-11-89217-49-5 04800
세트 ISBN 979-11-89217-46-4 04800

*저작권법에 의해 보호를 받는 저작물이므로 무단전재와 무단복제를 금합니다.
*잘못 만들어진 책은 구입하신 서점에서 교환해드립니다.